哈福

哈福

哈福

哈福

好用！暢銷！

用中文說美國話

旅遊・生活・會話・單字→一本通

簡易中文拼音學習法

陳依僑
Rose White ◎合著

最簡單の英語學習法

如果您總是不循規蹈矩，專找新奇、冒險的玩意兒。那麼，推薦您一種私房的英語學習法，那就是用中文開口說英語。

學英語，很多人就會聯想到枯燥的發音練習，似乎那是一條漫長的路。也因此，對一般有心學好英語入門者，怎麼走出第一步，都是相當頭痛的問題。

躺著聽→輕鬆開口說美國話

但是，「山不轉路轉；路不轉人轉」，在這裡，我們要很大聲的告訴你：不要怕，本書將讓你，第一次開口，就說得嘎嘎叫。

本書是為了符合沒有英語發音基礎的人，在沒有任何學習壓力下，馬上開口說英語，世界各國走透透。於是，利用中文當注音這一個小把戲，讓學英語變得好輕鬆、好自然

為加強學習效果，最好能搭配本書的精質MP3，學習純正道地的英語，有助你掌握實際的發音技巧，加強聽說能力。MP3內容為中文唸一遍、英文唸兩遍，第一遍為正常速度、第二遍唸稍慢，以利讀者覆誦學習，有助你掌握實際的發音技巧，加強聽說能力，學好純正的英語。

本書特色

特色1. 本書為方便入門者學習，在每一句英語的下面，都用中文標出發音，學習課程特別有趣，萬一您不會唸的英語，您只要對照著唸，您就可以和老外侃侃而談了。其中，中文注音是以最常見，筆畫最簡單的中文標示。透過聯想記憶，學習效果，絕對倍增。

特色2. 收集生活、觀光全程必備英語單字、句子，而且句句迷你，絕對溝通，其中包括赴歐美觀光、生活前的必備知識，出入境與通關，以及當地購物、殺價或是遇上緊急狀況時的必備英語單字、句子，句句實用，絕對派上用場，說得輕鬆。

編者 謹識

本書使用方法：

❶ 中文
❷ 英語
❸ 單字翻譯
❹ 中文注音

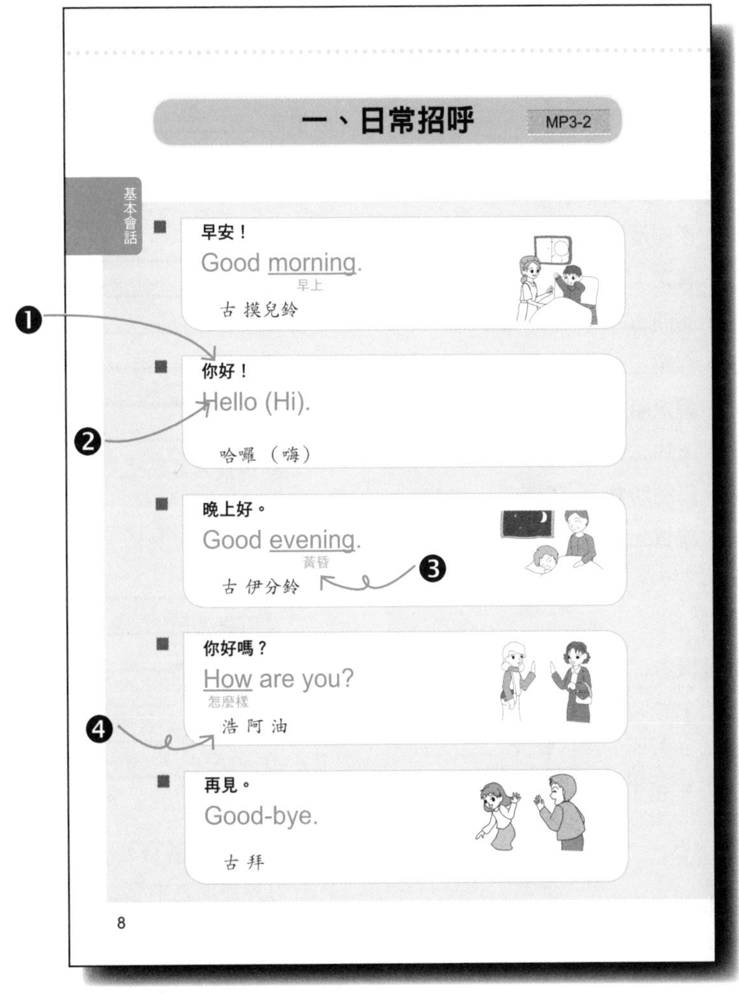

一、日常招呼
MP3-2
基本會話
早安！
Good morning.
早上
古 摸兒鈴
你好！
Hello (Hi).
哈囉 （嗨）
晚上好。
Good evening.
黃昏
古 伊分鈴
你好嗎？
How are you?
怎麼樣
浩 阿 油
再見。
Good-bye.
古 拜
8

CONTENT

C O N T E N T

IN THIS TEMPLE
AS IN THE HEARTS OF THE PEOPLE
FOR WHOM HE SAVED THE UNION
THE MEMORY OF ABRAHAM LINCOLN
IS ENSHRINED FOREVER
CHIPS
LEMONADE
POLISH SAUSAGES

基本會話

一、日常招呼 MP3-2

■ 早安！

Good morning.
（morning：早上）

古 摸兒鈴

■ 你好！

Hello (Hi).

哈囉 （嗨）

■ 晚上好。

Good evening.
（evening：黃昏）

古 伊分鈴

■ 你好嗎？

How are you?
（How：怎麼樣）

浩 阿 油

■ 再見。

Good-bye.

古 拜

二、感謝及道歉 MP3-3

■ 謝謝。

Thank you.

謝謝

3 Q

■ 很謝謝你。

Thanks a lot.

很多

山克斯 厄 辣特

■ 不客氣。

You're welcome.

歡迎

油兒 威兒肯

■ 抱歉。

I'm sorry.

失敬

艾母 收瑞

■ 沒關係的。

That's OK.

列此 歐刻

三、肯定、否定 MP3-4

■ **好。**

Yes.

葉司

■ **我明白了。**

I see.
(see：了解)

艾 細

■ **不。／不是。**

No.

諾

■ **不，謝了。**

No, thank you.

諾 3 Q

■ **我不知道。**

I don't know.
(know：知道)

艾 洞特 諾

四、詢問 MP3-5

■ **對不起，請問。**

Excuse me.

知道

衣克司克尤司 蜜

■ **您叫什麼名字？**

What's your name?

名字

華次 油兒 念

■ **你的名字怎麼拼寫？**

How do you spell that?.

拼音

浩 度 油 司佩兒 列特

■ **您從事什麼工作？**

What do you do?

什麼

華特 度 油 度

■ **現在幾點？**

What time is it?

時間

華特 太母 以司 以特

五、介紹 MP3-6

■ 我叫王明。

My name is wang ming.

名字

麥 念 以司 王明

■ 你好。

How do you do?

浩 度 油 度

■ 很高興認識你。

Nice to see you.

很好

耐司 兔 西 油

■ 我在電腦公司上班。

I work for a computer firm.

電腦公司

艾 窩克 佛兒 兒 肯皮特兒 佛兒母

■ 我是來這裡度假的。

I am on vacation here.

度假

艾 晏 昂 文揩迅 嘻兒

六、網際網路 MP3-7

■ 這是我的網址。

Here's my E-mail.

電子郵件

嘻兒司 麥 衣妹兒

■ 這是我的名片。

Here's my card.

名片

嘻兒司 麥 卡兒

■ 我會傳郵件給你。

I'll E-mail you.

艾兒 衣妹兒 油

■ 看看我的網網站。

Please visit my website.

網站

普力司 非日特 麥威波賽特

■ 可以告訴我手機號碼嗎？

Your cell phone number, please.

手機

油兒 謝兒 哄恩 藍波兒 普力司

七、邀約 MP3-8

- **一起去看電影，怎麼樣？**
  Shall we go to the movies?
  movies：電影
  蝦 威 勾 兔 得 母微司

- **一起喝咖啡，怎麼樣？**
  A cup of coffee?
  coffee：咖啡
  兒 卡普 歐夫 咖啡

- **一起去，好嗎？**
  Won't you come along?
  come along：一起來
  忘特 啾 抗 厄弄

- **當然可以。**
  Yes, I'd love to.
  love：喜歡
  也司 艾得 拉夫 兔

- **請來我家玩。**
  Please come to visit me.
  visit：訪問
  普力司 抗 兔 非日特 蜜

■ **星期幾好呢？**

What day will suit you?

適合

華特 爹 為而 素特 油

■ **星期五如何？**

How about Friday?

星期五

浩 厄抱特 夫賴爹

■ **我可以帶朋友去嗎？**

May I bring my friend?

帶

妹 艾 不林 麥 夫念得

■ **當然可以。**

Of course.

= certainly, sure

歐夫 扣司

八、拜訪朋友 MP3-9

■ **你好（進門前）**

Good evening.

古 衣分鈴

■ **歡迎光臨。**

Come in, please.

來

抗 印 普力司

■ **這邊請。**

This way, please.

路線

力司 未 普力司

■ **請這裡坐。**

Please have a seat.

座位

普力司 黑夫 兒 細特

■ **這是送你的禮物。**

This is for you.

給

力司 以司 佛兒 油

■ **這是楊先生。**

This is Ms.Yang.

力司 以司 密司 楊

■ **這是我的兒子，喬治。**

This is my son, George.

力司 以司 麥 桑 就嘰

■ **你好。**

How do you do?

初見面問候語

浩 度 油 度

■ **很高興認識你。**

Nice to meet you.

認識

耐司 兔 密特 油

■ **請喝葡萄酒。**

Here's some wine.

葡萄酒

嘻兒司 汕母 外印

■ **一點就好。**

Just a little, please.

剛

架司特 兒 力頭 普力司

■ **不，我不喝。**

No, thank you.

諾 3 Q

■ **我不會喝酒。**

I don't drink.

喝

艾 洞特 珠潤刻

■ **這葡萄酒很好喝喔！**

This wine is very good.

力司 外印 以司 非瑞 古得

■ **請吃菜。**

Please help yourself.

你自己

普力司 黑兒普 油兒 誰夫

■ **真好吃。**

It tastes good.

tastes 品嚐

以特 貼司特 古得

■ **我吃得十分飽了。**

I'm full, thank you.

full 飽

艾母 富兒 3 Q

■ **來杯咖啡如何？**

Some coffee?

coffee 咖啡

汕母 咖啡

■ **好的。**

Yes, please.

葉司 普力司

■ **我該告辭了。**

It's almost time to go.

almost 差不多

以次 歐某司特 太母 兔 勾

■ **請借一下廁所。**

May I use the bathroom?

廁所

妹 艾 油司 得 貝司潤

■ **真是愉快。**

We had a good time.

片語：愉快

威 黑得 兒 古得 太母

■ **謝謝您的招待。**

Thanks for inviting us.

招待

山克司 佛兒 印外町 厄司

■ **請再來玩喔！**

Come again, please.

抗 厄給恩 普力司

■ **謝謝，我會的。**

Thanks, I will.

會的

山克司 艾 為而

■ **晚安，再見。**

Good night. See you.

片語：再見

古得 耐特 細 油

自由女神

九、祝賀 MP3-10

■ **聖誕快樂。**

Merry Christmas.

快樂

妹瑞 可利司麼司

■ **新年快樂。**

Happy New Year!

黑皮 紐 易兒

■ **生日快樂。**

Happy birthday!

生日

黑皮 啵司爹

■ **這是送你的禮物。**

This is for you.

送

力司 以司 佛兒 油

■ **打開看看。**

Open it.

打開

歐噴 以特

■ **乾杯！**

Cheers!

起兒司

■ **祝我們成功，乾杯！**

Here's to our success!

成功

嘻兒司 特 奧兒 舍誰克司

■ **為你乾杯！**

Here's to you!

嘻兒司 兔 油

IN THIS TEMPLE
AS IN THE HEARTS OF THE PEOPLE
FOR WHOM HE SAVED THE UNION
THE MEMORY OF ABRAHAM LINCOLN
IS ENSHRINED FOREVER

進入美國

在飛機內

MP3-11

1 找座位及進餐

進入美國

■ 我的座位在哪裡？

Where's my seat?

座位

惠兒司 麥 西次

■ 我可以換座位嗎？

May I change seats?

換

妹 艾 勸嘰 細次

■ 請給我雞排。

Chicken, please.

雞排

欺肯 普力司

■ 請您給我一杯咖啡。

Coffee, please.

咖啡

咖啡 普力司

■ 請給我一杯紅葡萄酒。

Red wine, please.

紅

瑞得 外印 普力司

■ 請再給我一瓶啤酒。

Another beer, please.

再一瓶

安那惹兒 比兒 普力司

2 跟鄰座的乘客聊天

MP3-12

■ 可以抽煙嗎？

May I smoke?

抽煙

妹 艾 司末克

■ 您從哪裡來的？

Where are you from?

來

惠兒 阿 油 夫讓

■ 您到哪兒去？

Where are you going?

哪兒

惠兒 阿 油 勾印

■ **你會說英語嗎？**

Do you speak English?

speak：說

度 油 司必克 英格力須

■ **會一點。**

A little.

little：一點

兒 力頭

■ **請再說一遍。**

Excuse me?

Excuse me：片語：請再說一遍；借過

衣克司克尤司 蜜

■ **請借過一下。**

Let me through, please.

through：借過

累特 蜜 司路 普力司

3 跟空姐聊天

MP3-13

現在當地幾點？

What's the local time?

local：當地

華次 得 囉叩 太母

耳機有問題。

This earphone is broken.

earphone：耳機　broken：壞掉

力司 易兒風 以司 不漏肯

我不舒服

I feel sick.

sick：不舒服

艾 吠兒 細克

可以給我毛毯嗎？

May I have a blanket, please?

blanket：毛毯

妹 艾 黑夫 厄 不念刻衣特 普力司

有中文報紙嗎？

Any Chinese newspapers?

newspapers：報紙

宴尼 恰尼司 妞司呸波兒司

進入美國

■ **給我免稅品價目表。**

May I have the Duty-free list, please.
免稅

妹 艾 黑五 得 丟梯-夫力 力司特 普力司

■ **多少錢？**

How much?

浩 罵取

■ **我要這個。**

This one, please.

力司 萬 普力司

■ **可以刷卡嗎？**

Do you accept credit cards?
接受 信用卡

度 油 誒塞普特 克瑞滴特 卡兒司

在機場內

MP3-14

入境手續

■ **這是我的護照。**

Here's my passport.

passport：護照

嘻兒司 麥 扒司波特

■ **我來觀光的。**

On vacation.

vacation：觀光；度假

昂 佛克耶迅

■ **我來學英語。**

To study English.

study：學習

兔 司答滴 英格力須

■ **我來工作的。**

On business.

business：工作

昂 逼司逆司

■ **我是觀光客。**

I'm a tourist.

tourist：觀光客

艾母 兒 兔瑞司特

進入美國

■ **我預定停留5天。**

I'm staying for five days.

停留

艾母 司爹印 佛兒 壞夫 爹司

■ **我預定住IN飯店。**

I will stay at the Hotel INN.

住

艾 為而 司爹 誒特 得 后貼兒 印

■ **我跟旅行團來的。**

With the tourist group.

旅行

未日 得 兔瑞司特 古魯普

■ **我一個人來的。**

I came alone.

一個人

艾 肯 厄龍弄

通關

MP3-15

■ **你有東西要申報嗎？**

Anything to declare?

declare：申報

耶尼信 特 地克淚兒

■ **沒有。**

Nothing.

Nothing：無，沒什麼

那信

■ **有。**

I have one thing.

thing：東西

艾 黑夫 萬 信

■ **這是什麼？**

What's this?

華次 力司

■ **我帶了5瓶酒。**

Liquor, five bottles.

Liquor：酒　bottles：瓶

力克兒 壞夫 巴頭司

進入美國

■ **有一條香菸。**

One carton of cigarettes.

香菸

萬 卡通 歐夫 西哥瑞特

■ **我自己要用的。**

This is for myself.

自己

力司 以司 佛兒 麥謝兒夫

■ **給朋友的禮物。**

It's a gift.

禮物

以次 兒 給夫特

■ **我的隨身衣物。**

It's for personal use.

個人

以次 佛兒 波兒色鬧 又司

在機場服務台

MP3-16

- 服務台在哪裡？

Where's the information desk?

information desk：服務台

惠兒司 得 印佛妹迅 爹司克

- 幫我預定飯店。

Could you reserve a hotel for me, please.

reserve：預定

庫 啾 瑞色夫 兒 后貼兒 佛兒 蜜 普力司

- 〇〇飯店怎麼去？

Please tell me how to get to ○○ Hotel?

Hotel：飯店

普力司 貼兒 蜜 浩 兔 給特 兔 〇〇 后貼兒

- 巴士站牌在哪裡？

Where's the bus stop?

bus stop：巴士站

惠兒司 得 巴士 司豆普

- 下一班巴士幾點來？

What time is the next bus?

next：下一個

華特 太母 以司 得 內克司 巴士

進入美國

火車站在哪裡？

Where's the train station?

火車站

惠兒司 得 翠念 司爹迅

這輛火車往紐約嗎？

Is this train for New York?

紐約

以司 力司 翠念 佛兒 紐 約克

要在哪裡轉車呢？

Where do I transfer?

轉車

惠兒 度 艾 翠念司霍兒

計程車招呼站在哪裡？

Where's the taxi stop?

計程車招呼站

惠兒司 得 貼克西 司豆普

計程車費要多少錢？

How much by taxi?

浩 罵取 拜 貼克西

■ **請給我市內地圖。**

A city map, please.

map：地圖

兒 西替 妹普 普力司

■ **請給我觀光資料。**

Tour info, please.

Tour：旅行

兔兒 印佛 普力司

4 兌換錢幣

MP3-17

■ **兌換所在哪裡？**

Where's currency exchange?

currency：貨幣　exchange：兌換

惠兒司 克兒潤西 衣克司勸嘰

■ **我要換美金。**

Exchange to dollars, please.

衣克司勸嘰 兔 打了司 普力司

進入美國

■ **請加些零錢。**

Some small change, please.

零錢

桑恩 司眸兒 勸嘰 普力司

■ **今天的兌換率是多少？**

What's the exchange rate?

匯率

華次 得 衣克司勸嘰 瑞特

林肯雕像

美國路標

在飯店

在飯店

MP3-18

預約

- **有空房嗎？**

  Any vacancies tonight?

  空房

  宴尼 佛肯細司 兔耐特

- **我想預定單人客房。**

  A single, please.

  單人房

  兒 欣勾 普力司

- **我想預定三個晚上。**

  Three nights, please.

  晚上

  素力 耐此 普力司

- **一個晚上多少錢？**

  How much a night?

  多少錢

  浩 罵取 兒 耐特

- **有更便宜的房間嗎？**

  Any cheaper rooms?

  更便宜的

  宴尼 七波 潤司

■ **有更好的房間嗎？**

Any better rooms?

better 更好的

宴尼 貝特兒 潤司

■ **有附早餐嗎？**

With breakfast?

breakfast 早餐

未日 不雷克佛司特

■ **我要這間。**

I'll take it.

take 要

艾兒 貼克 以特

■ **幾點退房？**

When is check out time?

check out 退房

惠恩 以司 切克奧特 太母

2 住宿登記

MP3-19

我們要登記住宿。

Checking in, please.

登記住宿

卻克 印 普力司

房間我已經訂好了。

I have a reservation.

預訂

艾 黑夫 兒 瑞惹兒非迅

我沒有預訂房。

No reservation.

沒有

諾 瑞惹兒非迅

我的名字叫王明。

My name is Wang ming.

名字

麥 念 以司 王明

可以讓我看房間嗎？

Can I see it?

可以

肯 艾 西 以特

■ **我要這間。**

This is OK.

好

力司 以司 歐刻

■ **這是我的護照。**

Here's my passport.

護照

嘻兒司 麥 趴司破特

■ **我刷卡。**

Here's my card.

信用卡

嘻兒司 麥 卡得

■ **在這裡簽名嗎？**

Sign here?

簽名

賽印 嘻兒

■ **幫我搬一下行李。**

Porter, please.

行李員

波特 普力司

■ **幫我換房間。**

Could I change rooms , please.

房間（rooms）

庫 艾 勸嘰 潤司 普力司

在飯店

便宜衛生的
美國路邊攤

地下鐵

3 客房服務

MP3-20

這裡是1116號房。

This is eleven sixteen.

1116號房

力司 以司 衣雷分 西克司聽

我要客房服務。

Room service, please.

服務

潤 舍非兒司 普力司

我要二杯熱咖啡。

Two hot coffee, please.

熱

兔 哈特 咖啡 普力司

給我二個三明治。

Two sandwiches, please.

三明治

兔 仙得威取司 普力司

有沒有我的口信。

Any messages?

口信

宴尼 妹細嘰司

■ **有沒有我的信。**

Any mail for me?

信

宴尼 妹兒 佛兒 蜜

■ **我想寄放貴重物。**

Safety box, please.

保險箱

誰夫替 爸克司 普力司

■ **明天麻煩叫我起床。**

Wake-up call, please.

起床

未克-阿普 扣 普力司

■ **早上七點。**

At seven, please.

在

誒特 些分 普力司

■ **借我熨斗。**

Iron, please.

熨斗

艾龍 普力司

■ **幫我整理床。**

Could you make the bed, please.

make：整理

庫 油 妹克 得 貝得 普力司

■ **我要送洗衣服。**

Laundry service, please.

Laundry：洗衣店

弄珠瑞 舍兒非司 普力司

■ **什麼時候可以好？**

When will it be ready?

ready：準備好

惠恩 為而 以特 逼 瑞地

■ **我想影印。**

Copy service, please.

Copy：影印

叩披 舍兒非司 普力司

■ **可以傳電子郵件嗎？**

Can I use email?

use：用

肯 艾 油司 衣妹兒

■ **可以上網嗎？**

Can I use the internet?

上網 (internet)

肯 艾 油司 得 印特內特

■ **這（小費）給你。**

This is for you.

力司 以司 佛兒 油

排班的美國計程車

4 在飯店遇到麻煩

MP3-21

■ **鑰匙放在房裡沒拿出來。**

I left the key in my room.

left：留

艾 力夫特 得 克衣 印 麥 潤

■ **我的房間電燈不亮。**

There are no lights.

lights：電燈

列兒 阿 諾 賴次

■ **送洗的衣服還沒送到。**

My laundry is late.

late：沒送到

麥 弄珠瑞 以司 淚特

■ **我叫的咖啡還沒來。**

My coffee is late.

late：還沒來

麥 咖啡 以司 淚特

■ **沒有熱水。**

I don't have any hot water.

hot：熱

艾 洞特 黑夫 宴尼 哈特 窩特兒

■ **我房間好冷。**

My room is too cold.
（cold：冷）

麥潤 以司 兔 扣得

■ **隔壁的房間太吵了。**

It's too noisy around here.
（noisy：吵）

以次 兔 諾衣西 厄讓得 嘻兒

販賣各式各樣車牌名店的一角

俯視美國大都市

5 退房

MP3-22

■ **我是308號房的王明。**

Wang ming in room three 0 eight.

房

王明 印 潤 素力 歐 誒特

■ **我想退房。**

I'd like to check out, please.

退房

艾得 賴克 兔 卻克 奧特 普力司

■ **這是什麼費用？**

What's this?

這

華次 力司

■ **麻煩幫我搬行李。**

Porter, please.

行李員

波特兒 普力司

■ **幫我保管行李。**

Keep my baggage, please.

行李

克衣波 麥 貝刻衣嘰 普力司

■ **可以請你給我收據嗎？**

Receipt, please.

收據

瑞細特 普力司

■ **可以幫我叫計程車嗎？**

Taxi, please.

計程車

貼克西 普力司

美國獨特戶外郵筒景觀

在餐廳

在餐廳

MP3-23

1 電話預約

■ **這附近有好餐廳嗎？**

Is there a good restaurant around here?

餐廳

以司 列兒 兒 古得 瑞司特讓 厄讓得 嘻兒

■ **我要預約。**

I'd like to make a reservation, please.

預約

艾得 賴克 兔 妹克 兒 瑞惹兒非迅 普力司

■ **7點2人的座位。**

Two people at seven, please.

7點

兔 匹剖 誒特 塞分 普力司

■ **我的名字叫王明。**

I'm Wang ming.

艾母 王 明

■ **貴店必須結領帶嗎？**

Do I need a tie?

領帶

度 艾 逆得 兒 太

- **需要盛裝嗎？**

  Is there a dress code?

  dress code：盛裝

  以司 列兒 兒 珠瑞司 扣得

- **我要窗邊座位。**

  Window table, please.

  Window：窗

  威恩多 貼剁 普力司

2 到餐廳

MP3-24

- **我預約了七點。**

  I have a reservation at seven.

  reservation：預約

  艾 黑夫 兒 瑞惹兒非迅 誒特 謝分

- **我們總共三人。**

  Three please.

  Three：三人

  素力 普力司

■ **我沒有預約。**

I don't have a reservation.

預約

艾 洞特 黑夫 兒 瑞惹兒非迅

■ **我要2個人的位子。**

Table for two, please.

位子

貼剁 佛兒 兔 普力司

■ **要等多久？**

How long is the wait?

等

浩 弄 以司 得 未特

■ **我要禁煙座位。**

Non-smoking, please.

禁煙

浪 司末克印 普力司

■ **我要抽煙座位。**

Smoking, please.

抽煙

司末克印 普力司

3 叫菜

MP3-25

■ **請給我菜單。**

Menu, please.

菜單

妹牛 普力司

■ **有什麼推薦菜？**

What do you recommend?

推薦

華特 度 油 瑞抗面得

■ **先給我生啤酒。**

Draft beer first, please.

生啤酒

珠瑞夫特 碧兒 佛司特 普力司

■ **我要叫菜了。**

I'd like to order now.

叫菜

艾得 賴克 兔 歐得兒 鬧

■ **請給我這個。**

This one, please.

這個

力司 萬 普力司

給我跟那個一樣的。

The same, please.

一樣的

得 現母 普力司

請給我這個跟這個。

This and this, please.

這個

力司 安得 力司 普力司

這個一個。

One, please.

一個

萬 普力司

我要這個套餐。

I'll take this course.

套餐

艾兒 貼克 力司 扣司

飯後給我紅茶。

Tea after dinner, please.

晚餐

替 阿夫特 滴因呢兒 普力司

■ 紅茶現在上。

Tea now, please.
紅茶
替 鬧 普力司

■ 這樣就好了。

That'll be all.
全部
列特兒 比 歐兒

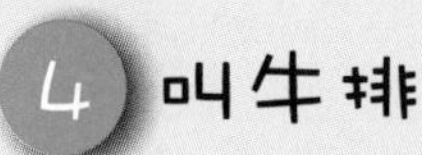

4 叫牛排

MP3-26

■ 我要這套牛排餐。

I'd like the steak dinner.
牛排
艾得 賴克 得 司貼克 丁呢兒

■ 牛排要煎到中等程度的。

Medium, please.
中等
咪滴恩 普力司

■ 牛排要半熟的。

Medium rare, please.

半熟的

咪滴恩 雷阿 普力司

■ 牛排要煎熟的。

Well-done, please.

煎熟的

威兒 盪 普力司

5 進餐中

MP3-27

■ 再給我葡萄酒。

Some more wine, please.

再

汕恩 摸兒 外印 普力司

■ 我要續杯。

Another one, please.

續

安那惹兒 萬 普力司

■ **再給我一些麵包。**

Some more bread, please.

麵包

汕恩 摸兒 不瑞得 普力司

■ **給我水。**

Some water, please.

水

汕恩 窩特 普力司

■ **給我煙灰缸。**

An ashtray, please.

煙灰缸

安 阿司特瑞 普力司

■ **能給我雙筷子嗎？**

Chopsticks, please.

筷子

洽普司地克 普力司

■ **幫我收拾一下。**

Clear the table, please.

收拾

克力兒 得 貼剁 普力司

6 付錢

MP3-28

■ **我要算帳。**

Check, please.

算帳

卻克 普力司

■ **全部多少錢？**

How much altogether?

全部

浩 罵取 歐兔給惹兒

■ **請個別算。**

Let's go Dutch.

個別算

累特司 勾 大區

■ **可以刷Visa卡嗎？**

Visa card, OK?

卡

威沙 卡得 歐刻

■ **不用找了。**

Keep the change, please.

零錢

克衣普 得 勸嘰 普力司

7 在速食店

MP3-29

我要這個。

This one, please.

請

力司 萬 普力司

我要這兩個。

Two of these, please.

這些

兔 歐夫 力司 普力司

我要熱狗。

A hot dog, please.

熱狗

兒 哈特 豆哥 普力司

我要兩個小的可樂。

Two small Cokes, please.

可樂

兔 司莫兒 叩克司 普力司

給我兩客麥克堡餐。

Two hamburgers, please.

麥克堡餐

兔 漢伯格司 普力司

■ **在這裡吃。**

Eat here.

吃

衣特 嘻兒

■ **帶走。**

Take out, please.

帶走

貼克 奧特 普力司

美國獨特戶外
郵筒景觀

逛街購物

逛街購物 MP3-30

1 找地方

■ 百貨公司在哪裡？

Where's the department store?

百貨公司

惠兒司 得 地扒特悶特 司豆兒

■ 鞋子販賣部在哪裡？

Where's the shoes section?

區

惠兒司 得 休司 謝克迅

■ 有免稅品店嗎？

Where's the duty free shop?

店

惠兒司 得 丟梯 夫力 下普

■ 試衣室在哪裡？

Where's the change room?

試衣室

惠兒司 得 勸嘰 潤

■ 廁所在哪裡？

Where's the restroom.

廁所

惠兒司 得 瑞司特嫩

2 在百貨公司

MP3-31

■ 抱歉。（叫店員時）

Excuse me.

原諒

衣克司克尤司 蜜

■ 給我看一下那個。

Show it to me, please.

看

秀 以特 兔 蜜 普力司

■ 可以讓我看其它的嗎？

Show me the others, please.

其它的

秀 蜜 得 阿惹兒司 普力司

■ 有小一號的嗎？

Do you have a smaller one?

小一點

度 油 黑夫 兒 司摸了 萬

■ 還有更大的嗎？

Do you have a bigger one?

更大的

度 油 黑夫 兒 逼哥兒 萬

逛街購物

■ **這裡太緊了些。**

It's a little tight.

緊

以次 兒 力頭 太特

■ **有義大利製的嗎？**

An Italian one, please.

義大利的

安 義大利 萬 普力司

■ **有不同顏色的嗎？**

Do you have other colors?

顏色

度 油 黑夫 阿惹兒 卡了司

■ **有沒有更好的？**

Any better?

更好

宴尼 貝特兒

■ **這皮的嗎？**

Is this leather?

皮

以司 力司 累惹兒

■ 幫我量一下尺寸。

Measure me, please.

Measure：量

妹惹兒 蜜 普力司

■ 可以試穿一下嗎？

May I try it on?

try：試

妹 艾 特瑞 以特 昂

■ 適合我穿嗎？

How do I look?

look：看起來

浩 度 艾 路克

■ 尺寸不合。

It doesn't fit.

fit：不合

以特 答任特 非特

■ 太短了。

A little short.

short：短

兒 力頭 休特

■ **請幫我改長。**

A little longer, please.

長點

兒 力頭 弄格兒 普力司

■ **要花多少時間？**

How long does it take?

花

浩 弄 答司 以特 貼克

■ **給我這個。**

I'll take it.

拿

艾兒 貼克 以特

■ **這個，我不要。**

I'll get something else.

別的

艾兒 給特 桑信 誒兒司

3 郵寄、包裝

MP3-32

- 幫我送到這個住址。

Send here, please.

送

現得 嘻兒 普力司

- 運費要多少？

How much to mail?

郵寄

浩 罵取 兔 妹兒

- 幫我包成送禮用的。

Gift-wrap it, please.

包裝禮物

給夫特 瑞普 以特 普力司

4 只看不買

MP3-33

- 我只是看一下而已。

I'm just looking.

只是

艾母 架司特 路克印

■ **我會再來。**

I'll be back.

再來

艾兒 逼 貝克

■ **我再考慮一下。**

I'll think about it.

考慮

艾兒 信克 阿抱特 以特

5 講價、付款

MP3-34

■ **這個太貴了。**

Too expensive.

貴

兔 衣克司編西夫

■ **不能再便宜些嗎？**

Discount, please.

折扣

低司靠特 普力司

- **買2個可以便宜點嗎？**

  Discount for two?

  便宜

  低司靠特 佛兒 兔

- **這就算20美金可以嗎？**

  Is 20 dollars, OK?

  可以

  以司 團替 搭了司 歐刻

- **兩個多少錢？**

  How much for two?

  多少

  浩 罵取 佛兒 兔

- **有便宜一點的嗎？**

  Anything cheaper?

  便宜

  宴尼信 七波

- **這可以免稅嗎？**

  Duty free?

  免稅

  丟梯 夫力

逛街購物

我付現。

Cash, please.

付現

克誒需 普力司

可以用旅行支票嗎？

Is T/C,OK?

旅行支票

以司 T/C 歐刻

請給我收據。

Receipt, please.

收據

瑞細特 普力司

MP3-35

我想退貨。

I want to return this.

退貨

艾 忘特 特 瑞疼 力司

■ **我想換這個。**

I want to exchange it.

換

艾 忘特 兔 衣克司勸嘰 以特

■ **這裡有髒點。**

There's a stain here.

髒點

列兒此 兒 司代印 嘻兒

■ **這個壞了。**

It's broken.

壞了

以次 不漏肯

■ **我要退錢。**

I'd like a refund.

退錢

艾得 賴克 瑞晃得

■ **這是收據。**

Here's the receipt.

收據

嘻兒司 得 瑞細特

IN THIS TEMPLE
AS IN THE HEARTS OF THE PEOPLE
FOR WHOM HE SAVED THE UNION
THE MEMORY OF ABRAHAM LINCOLN
IS ENSHRINED FOREVER
CHIPS
LEMONADE
POLISH SAUSAGES

觀光、娛樂

觀光、娛樂

MP3-36

1 在旅遊服務中心

■ **我想觀光市內。**

I'd like to take a city tour.

city tour 市內觀光

艾得 賴克 兔 貼克 兒 西踢 兔兒

■ **有一天行程的團嗎？**

Any one-day tours?

Any 任何

宴尼 萬 爹 兔兒司

■ **想去紐約玩。**

Any New York tours?

New York 紐約

宴尼 紐 約克 兔兒司

■ **有坐遊艇的觀光團嗎？**

Any boat tours here?

boat 遊艇

宴尼 撥特 兔兒司 嘻兒

■ **你推薦什麼觀光團？**

What tour do you recommend?

recommend 推薦

華特 兔兒 度 油 瑞肯面得

■ 哪個團比較有人氣呢？

Which is popular?

人氣

威取 以司 趴比巫了

■ 有自由活動時間嗎？

Do we have free time?

自由

度 威 黑夫 夫力 太母

■ 這個團要花幾個鐘頭？

How many hours?

鐘頭

浩 妹尼 奧兒司

■ 有附導遊嗎？

Is this tour guided?

導遊

以司 力司 兔兒 該地得

■ 是從哪裡出發？

Where do we start?

出發

惠兒 度 威 司大特

■ 在哪裡集合？

Where do we meet?

meet：集合

惠兒 度 威 密特

■ 什麼時候出發？

When do we start?

start：出發

惠恩 度 威 司大特

■ 幾點回到這裡？

When do we return?

return：回

惠恩 度 威 瑞特恩

■ 這個團的費用是多少？

How much?

浩 罵取

■ 有附餐嗎？

Is the meal included?

meal included：附餐

以司 得 密兒 印庫路滴得

觀光娛樂

我想參加這個團。

This tour, please.

旅行團

力司 兔兒 普力司

2 在旅遊地

MP3-37

那是什麼建築物？

What's that building?

建築物

華次 列特 逼屋地印

這叫什麼名字？

What's that name?

名字

華次 列特 念

這裡停留多久？

How long to stay here.

停留

浩 弄 兔 司爹 嘻兒

■ **這裡是美術館嗎？**

Is this the museum?

museum：美術館

以司 力司 得 謬及阿母

■ **可以進入嗎？**

May I come in?

May：可以

妹 艾 抗 印

■ **幾世紀的東西？**

What century?

century：世紀

華特 仙求瑞

■ **幾點有表演？**

What time does the show start?

show：表演

華特 太母 答司 得 秀 司大特

■ **這個可以給我嗎？**

Can I take this?

take：給

肯 艾 貼克 力司

■ **這裡拍照沒關係吧？**

Can I take pictures?

拍照

肯 艾 貼克 匹克求司

■ **我可以錄影嗎？**

Can I take a video?

錄影

肯 艾 貼克 兒 非地歐

■ **可以幫我們拍個照嗎？**

Take our picture, please.

拍照

貼克 奧兒 匹克求 普力司

■ **請再拍一張。**

One more, please.

萬 摸兒 普力司

3 觀賞歌劇、音樂會

MP3-38

■ **我想去看電影。**

I want to see a movie.

想

艾 萬特 兔 西 兒 母微

■ **哪裡有演歌劇？**

Where can I see an opera?

歌劇

惠兒 肯 艾 西 宴 歐波拉

■ **有座位嗎？**

Are there any seats?

座位

阿 列兒 宴尼 西特司

■ **我要前面的位子。**

Front row, please.

位子

夫郎特 落 普力司

■ **要多少錢？**

How much?

浩 罵取

幾點開始？

What time does it begin?

開始

華特 太母 答司 以特 比給尼

幾點結束？

What time does it end?

結束

華特 太母 答司 衣特 安得

4 交友

MP3-39

觀光娛樂

你好！

Hello.

= Hey!

哈囉

嗨！你好嗎？

Hi! How are you?

= Hello!

嗨 浩 阿 油

■ **我叫王建明，很高興認識你。**

I'm Wang. Nice to meet you.

認識

艾母 王 明 耐司 兔 密特 啾

■ **這是我妻子。**

This is my wife.

妻子

力司 以司 麥 外夫

■ **天氣真好啊！**

It's a nice day!

好

以次 兒 耐司 爹

■ **可以跟您拍個照嗎？**

Can we take a picture together, please.

一起

肯 威 貼克 兒 匹克秋 兔給惹兒 普力司

■ **可以告訴我您的住址嗎？**

Give me your address, please.

住址

給夫 蜜 油兒 厄最司 普力司

觀光娛樂

■ **真棒！**

Wonderful!

精彩

萬得佛兒

■ **真可愛！**

How cute!

可愛

浩 克尤特

■ **能跟您講話真是太好了。**

Nice talking with you.

講話

耐司 頭克印 未日 油

■ **再見，後會有期！**

Good bye. See you again.

再次

古得 拜 西 油 厄給恩

IN THIS TEMPLE
AS IN THE HEARTS OF THE PEOPLE
FOR WHOM HE SAVED THE UNION
THE MEMORY OF ABRAHAM LINCOLN
IS ENSHRINED FOREVER

交通

交通

MP3-40

問路

■ **我迷路了。**

I'm lost.

迷路

艾母 漏司特

■ **我在哪裡？**

Where am I?

哪裡

惠兒 宴 艾

■ **這裡叫什麼路？**

What street is this?

路

華特 司翠特 以司 力司

■ **車站在哪裡？**

Where's the station?

車站

惠兒司 得 司爹訊

■ **這附近有銀行嗎？**

Is there a bank near by?

銀行

以司 列兒 兒 北恩克 逆兒 拜

■ 很遠嗎？

Is it far from here?

遠

以司 以特 法兒 夫讓 嘻兒

■ 在這張圖的什麼地方。

On this map, please.

圖

昂 力司 妹普 普力司

■ 走路要幾分？

How long by foot?

走路

浩 弄 百 夫特

■ 大概五分。

About 5 (five) minutes.

分

厄抱特 壞夫 迷你次

② 坐計程車

MP3-41

■ **計程車招呼站在哪裡？。**

Where's the taxi stand?

stand 招呼站

惠兒司 得 貼克西 司天得

■ **我到機場。**

Airport, please.

Airport 機場

誒兒波特 普力司

■ **請直走。**

Go straight, please.

straight 直直地

勾 司翠特 普力司

■ **往右轉。**

Turn right, please.

Turn 轉

特恩 瑞特 普力司

■ **請到這個住址。**

This place, please.

place 住址

力司 普淚司 普力司

■ **這裡就好了。**

Stop here, please.

停

司豆普 嘻兒 普力司

3 坐電車、地鐵

MP3-42

■ **請給我地鐵路線圖。**

Subway route map, please.

地鐵 路線

沙伯未 入特 妹普 普力司

■ **電車車站在哪裡？**

Where's the train station?

車站

惠兒司 得 翠恩 司爹訊

■ **哪個月台到市中心？**

What route for downtown?

市中心

華特 入特 佛兒 當燙

■ 在第12月台。

No.12 (number twelve).

號碼

讓波兒 退兒夫

■ 在哪個車站下？

Where do I get off?

下車

惠兒 度 艾 給特 歐夫

■ 這班電車往芝加哥嗎？

Is this train for Chicago?

芝加哥

以司 力司 翠恩 佛兒 芝加哥

■ 在哪裡換車呢？

Where do I transfer?

換車

惠兒 度 艾 翠潤司霍兒

■ 我坐過站了。

I missed my stop.

錯過

艾 米司得 麥 司豆普

交通

坐巴士

MP3-43

公車站在哪裡？

Where's the bus stop?

stop：站

惠兒司 得 巴士 司豆普

12號公車站在哪裡？

Where is the bus stop for No.12.

bus：公車

惠兒 以司 得 巴士 司豆普 佛兒 讓波兒 退兒夫

往芝加哥嗎？

Is this for Chicago?

for：往

以司 力司 佛兒 芝加哥

要花多少時間？

How long will it take?

How long：多久

浩 弄 為兒 以特 貼克

要多少車費？

What's the fare?

fare：車費

華次 得 費兒

交通

■ **我要單程車票。**

One-way, please.

單程（One-way）

萬 未 普力司

■ **下站下車。**

The next bus stops, please.

下一個（next）

得 內克司特 巴士 司豆普 普力司

■ **我要下車。**

I'll get off!

下車（get off）

艾兒 給特 歐夫

郵局、電話

郵局、電話

MP3-44

1 在郵局

■ **郵局在哪裡？**

Where's the post office?

郵局

惠兒司 得 破司特 歐非司

■ **我要寄這封信。**

Mail this letter, please.

信

妹兒 力司 雷特 普力司

■ **我要寄航空。**

Air mail, please.

航空信

誒兒 妹兒 普力司

■ **船運要多少錢？。**

How much by sea mail.

船運

浩 罵取 拜 西 妹兒

■ **我要寄到臺灣。**

To Taiwan, please.

寄到

特 台灣 普力司

■ 我要40分的郵票五張。

Five 40 (forty) cent stamps, please.

郵票 (stamps)

壞夫 佛兒替 先特 司貼母普司 普力司

2 打市內電話

MP3-45

■ 喂！

Hello.

哈囉

■ 我找小林。

Mr. Lin, please.

密司特 林 普力司

■ 我是王明。

This is Ming Wang.

力司 以司 王明

■ **他外出了。**

He is out now.
外出

嘻 以司 奧特 鬧

■ **我聽不清楚。**

I can't hear you.
聽

艾 肯特 嘻兒 油

■ **請等一下。**

Hold on, please.
等一下

后得 昂 普力司

■ **請幫我轉達。**

I want to leave a message.
信息

艾 忘特 兔 力夫 兒 妹誰機

郵局電話

■ **電話號碼是02-1234-5678.**

It's o (or) two one two three four five six seven eight.

以次 歐 兔 萬 兔 束力 佛兒 壞夫 細克司 些分 誒特

■ **我等一下再打給他。**

I'll call back.

打電話

艾兒 扣 貝克

■ **再見（打電話時）！**

Bye-bye.

打電話時用

拜 拜

3 在飯店打國際電話

MP3-46

■ **請接接線生。**

Operator, please.

接線生

阿普瑞特 普力司

■ **我想打國際電話。**

Overseas call, please.

國際

歐佛兒西此 扣 普力司

我要打到臺灣。

Call to Taiwan, please.
打到

扣 免 台灣 普力司

我想打對方付費電話。

Collect call, please.
對方付費電話

克累克特 扣 普力司

重視休閒生活的美國人

郵局電話

遇到麻煩

遇到麻煩 MP3-47

1 人不見了，東西掉了

■ 我錢包不見了。

I lost my wallet.

錢包

艾 漏司特 麥 娃力特

■ 皮包放在計程車忘了拿了。

I left my bag in the taxi.

皮包

艾 力夫特 麥 貝哥 印 得 貼克西

■ 我兒子不見了。

My son is lost.

不見了

麥 桑恩 以司 漏司特

■ 你看到這裡有相機嗎？

Did you see a camera here.

相機

滴 啾 細 兒 卡妹拉 嘻兒

■ 裡面有護照。

My passport is in it.

護照

麥 扒司破特 以此 印 以特

2 被偷、被搶

MP3-48

■ 皮包被搶了。

My bag was stolen.

被搶

麥 貝哥 瓦司 司偷嫩

■ 我錢包不見了。

I lost my purse.

錢包

艾 漏司特 麥 破兒司

■ 我護照不見了。

I lost my passport.

遺失

艾 漏司特 麥 扒司破特

■ 請幫我打電話報警。

Call the police!

警察

扣 得 普力司

■ 有扒手！

Thief!

扒手

細夫

遇到麻煩

■ **是那個人。**

That man!

男人

列特 面

■ **救命啊！**

Help!

黑兒普

■ **你幹什麼！**

Stop it!

停止

司豆普 以特

■ **我不需要！不行！**

NO, thank you.

諾 3 Q

3 交通事故

MP3-49

我遇到交通事故了。

I've had an accident.

交通事故

艾夫 黑得 安 阿克司等特

幫我叫救護車。

Call an ambulance, please.

救護車

扣 安 安比巫了司 普力司

趕快！

Hurry up!

快

喝瑞 阿普

我受傷了。

I'm hurt.

受傷

艾母 喝特

4 生病了

MP3-50

我不舒服。

I feel sick.

感覺

艾 吠兒 細克

我肚子痛。

I have a stomachache.

腹痛

艾 黑夫 兒 司踏麥克

我感冒了。

I have a cold.

感冒

艾 黑夫 兒 扣得

我有點發燒。

I have a fever.

發燒

艾 黑夫 兒 非佛兒

這裡很痛。

A pain here.

痛

兒 片印 嘻兒

■ **可以繼續旅行嗎？**

May I continue my trip?

繼續

妹 艾 肯梯紐 麥 翠普

■ **這附近有藥房嗎？**

Is there a drugstore near?

藥房

以司 列兒 兒 抓哥司豆兒 逆兒

■ **一天吃幾次藥呢？**

How many times a day?

次

浩 妹尼 太母司 兒 爹

■ **我有過敏體質。**

I have allergies.

過敏體質

艾 黑夫 阿雷魯幾司

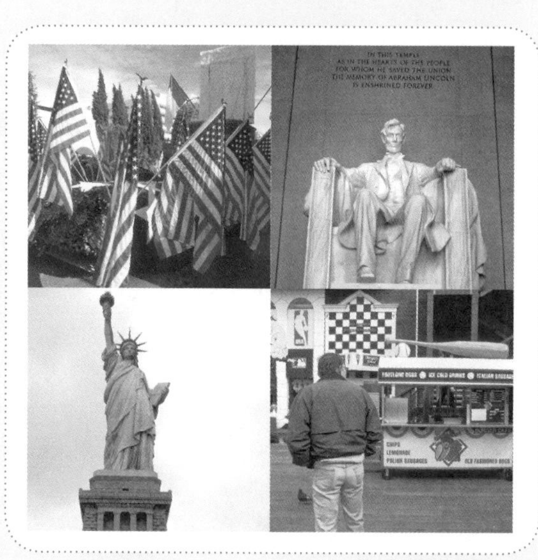
IN THIS TEMPLE
AS IN THE HEARTS OF THE PEOPLE
FOR WHOM HE SAVED THE UNION
THE MEMORY OF ABRAHAM LINCOLN
IS ENSHRINED FOREVER
ICE COLD DRINKS
CHIPS
LEMONADE
POLISH SAUSAGES
OLD FASHIONED DOGS

基本單字

一. 數字 MP3-51

□ 1
one
萬

□ 2
two
兔

□ 3
three
束力

□ 4
four
霍兒

□ 5
five
壞夫

□ 6
six
細克斯

□ 7
seven
些分

□ 8
eight
誒特

□ 9
nine
耐

□ 10
ten
天恩

□ 11
eleven
衣累分

□ 12
twelve
退兒夫

□ 13
thirteen
舍兒聽

□ 14
fourteen
霍兒聽

□ 15
fifteen
非夫聽

□ 16
sixteen
西克斯聽

□ 17
seventeen
些分聽

□ 20
twenty
團恩替

□ 30
thirty
舍兒替

□ 40
forty
霍兒替

☐ 50
fifty
非夫替

☐ 60
sixty
西克斯替

☐ 70
seventy
些分替

☐ 80
eighty
誒衣替

☐ 90
ninety
耐替

☐ 100
hundred
酣恩珠瑞

☐ 1000
thousand
燒忍得

☐ 10,000
ten thousand
天恩 燒忍得

二. 日期 MP3-52

□ 今天
today
兔爹衣

□ 中午
noon
奴恩

□ 昨天
yesterday
耶斯特爹

□ 下午
afternoon
阿夫特奴恩

□ 明天
tomorrow
土媽落

□ 傍晚
evening
衣分寧

□ 後天
the day after tomorrow
得 爹衣 阿夫特 土媽落

□ 晚上
night
耐特

□ 早上
morning
摸寧

□ 星期日
Sunday
沙恩爹

☐ 星期一
Monday
嗎恩爹

☐ 星期二
Tuesday
秋斯爹

☐ 星期三
Wednesday
溫斯爹

☐ 星期四
Thursday
社斯爹

☐ 星期五
Friday
夫賴爹

☐ 星期六
Saturday
沙特爹

☐ 春天
spring
斯不林

☐ 夏天
summer
桑摸兒

☐ 秋天
autumn
歐特恩

☐ 冬天
winter
溫特兒

✲ □ 1月
January
娟呢兒瑞

✲ □ 2月
February
非布兒里

✲ □ 3月
March
罵取

✲ □ 4月
April
誒不落

✲ □ 5月
May
妹

✲ □ 6月
June
俊恩

✲ □ 7月
July
啾賴

✲ □ 8月
August
歐革斯特

✲ □ 9月
September
些不天伯兒

✲ □ 10月
October
歐克偷伯兒

✻ □ 11月
November
諾非恩伯兒

✻ □ 12月
December
滴現伯兒

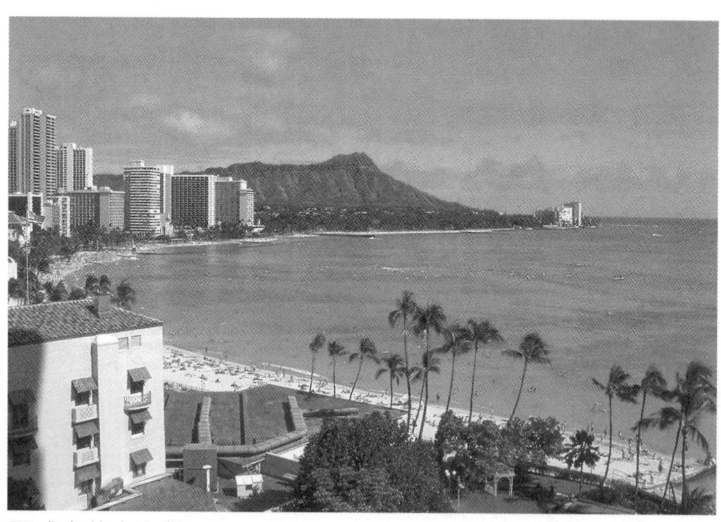

夏威夷著名海灘WAIKIKI

三. 身體各個部位 MP3-53

□ 頭
head
黑得

□ 耳朵
ear
衣兒

□ 臉
face
非斯

□ 牙齒
tooth
兔司

□ 眼睛
eye
艾

□ 嘴巴
mouth
冒司

□ 鼻子
nose
諾司

□ 脖子
neck
內克

□ 嘴唇
lip
力普

□ 腳
foot
護特

☐ 乳房
breast
布累斯特

☐ 腰部
lower back
落兒 貝克

☐ 腹部
abdomen
阿布達們

☐ 手
hand
黑恩得

☐ 肩膀
shoulder
休兒得兒

☐ 手指
finger
非恩哥

四. 人物的稱呼 MP3-54

☐ 我
I
艾

☐ 女朋友
girlfriend
哥柔夫累得

☐ 你
you
油

☐ 父親
father
發惹兒

☐ 他
he
嘻

☐ 母親
mother
媽惹兒

☐ 她
she
須

☐ 兒子
son
上

☐ 男朋友
boyfriend
剝衣夫累恩得

☐ 女兒
daughter
都特兒

☐ 兄弟
brother
布拉惹兒

☐ 妹妹
younger sister
洋哥 西斯特兒

☐ 姊妹
sister
西斯特兒

☐ 祖父
grandfather
格累恩發惹兒

☐ 哥哥
older brother
歐得兒 布拉惹兒

☐ 祖母
grandmother
格累恩媽惹兒

☐ 姊姊
older sister
歐得 西斯特兒

☐ 丈夫
husband
哈斯笨

☐ 弟弟
younger brother
央哥 布拉惹兒

☐ 妻子
wife
外夫

✻ □ **孩子**
child
洽兒得

✻ □ **朋友**
friend
夫累恩得

摩天樓

五. 職業的說法 MP3-55

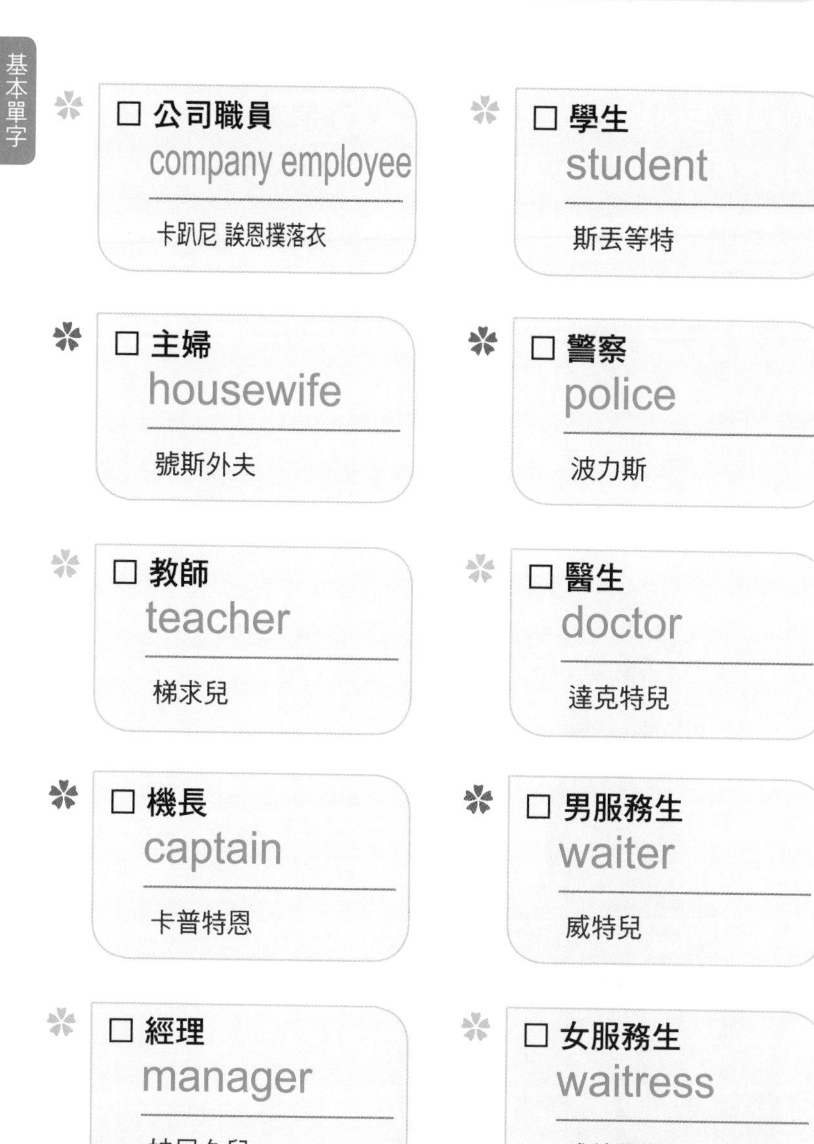

□ 公司職員
company employee
卡趴尼 誒恩撲落衣

□ 學生
student
斯丟等特

□ 主婦
housewife
號斯外夫

□ 警察
police
波力斯

□ 教師
teacher
梯求兒

□ 醫生
doctor
達克特兒

□ 機長
captain
卡普特恩

□ 男服務生
waiter
威特兒

□ 經理
manager
妹尼久兒

□ 女服務生
waitress
威特累斯

☐ 律師
lawyer
落易兒

☐ 程式工程師
programmer
普落格念莫兒

☐ 工程師
engineer
誒基溺兒

☐ 店員
salesclerk
些兒茲克拉克

☐ 美容師
beautician
比烏梯遜

☐ 作家
writer
瑞特

☐ 司機
driver
珠賴佛兒

☐ 畫家
painter
佩恩特

六. 感情的表現 MP3-56

☐ 高興
happy
黑皮

☐ 生氣
angry
誒恩古里

☐ 快樂
having fun
黑夫印 放恩

☐ 可怕
scared
斯克耶兒得

☐ 悲傷
sad
洩得

☐ 驚訝
surprised
舍普拉衣司得

☐ 不甘心
frustrated
夫勞斯翠梯得

☐ 極美、極優秀
wonderful
旺得佛

☐ 害羞
embarrassed
誒恩巴瑞斯得

☐ 惡劣
terrible
貼落剝

□ 喜歡
like
賴克

□ 不要
don’t need
洞特 溺得

□ 討厭
dislike
迪斯賴克

□ （天氣）溫暖／熱
warm / hot
哇恩／哈特

□ 想要
want
旺特

□ 寒冷
cold
叩得

自由女神小島

七. 國家名 MP3-57

☐ 中國
China
洽衣那

☐ 法國
France
夫讓斯

☐ 美國
USA
USA

☐ 西班牙
Spain
斯讓

☐ 日本
Japan
加趴恩

☐ 墨西哥
Mexico
妹西哥

☐ 韓國
Korea
可里阿

☐ 德國
Germany
啾門尼

☐ 義大利
Italy
衣搭利

☐ 英格蘭
England
英哥嫩得

☐ 葡萄牙
Portugal
剖七勾

☐ 南非
South Africa
哨司 阿非里卡

☐ 巴西
Brazil
布拉基兒

☐ 蘇聯
Russia
拉蝦

自由女神小島

八. 衣服、飾品 MP3-58

□ 衣服
clothes
克落茲

□ 大衣
overcoat
歐佛兒扣特

□ 裙子
skirt
斯卡特

□ 牛仔褲
blue jeans
布魯 進司

□ 褲子
trousers
特拉惹司

□ 內衣
lingerie
念揪瑞

□ 女用襯衫
blouse
布老茲

□ 西裝
business suit
逼基尼斯 蘇特

□ 外套
jacket
甲克特

□ 襯衫
shirt
秀兒特

☐ 毛衣
sweater
司威特兒

☐ 皮包
bag
貝北哥

☐ 緊的
tight
太特

☐ 鞋子
shoes
咻司

☐ 寬鬆的
loose
路斯

☐ 皮帶
belt
貝兒特

☐ 尺寸
size
賽茲

☐ 絲襪
stockings
斯偷金司

☐ 寶石
jewelry
啾里

☐ 襪子
socks
瘦克斯

□ 太陽眼鏡
sunglasses
上格拉些司

□ 領帶
necktie
內克太

□ 帽子
hat
黑特

□ 雨傘
umbrella
安布累拉

□ 手套
gloves
哥拉夫斯

□ 絲巾
scarf
斯卡夫

便宜的速食

九. 生活用品

MP3-59

☐ 鑰匙
key
克衣

☐ 毛巾
towel
套兒

☐ 毛毯
blanket
布拉幾特

☐ 牙膏
toothpaste
兔斯佩斯特

☐ 肥皂
soap
瘦普

☐ 打火機
lighter
賴特兒

☐ 洗髮精
shampoo
蝦恩普

☐ 雨傘
umbrella
安布累了

☐ 洗髮乳
rinse
潤斯

☐ 梳子
comb
抗母

□ 地毯
carpet
卡佩特

□ 筷子
chopsticks
洽普斯弟可司

□ 剪刀
scissors
西舍司

□ 盤子
dish
地須

□ 刀子
knife
耐夫

□ 玻璃杯
glass
哥拉斯

□ 叉子
fork
霍克

□ 杯子
cup
卡普

□ 湯匙
spoon
斯不恩

十. 房間、家具 MP3-60

✻ □ 房間
room
嫩母

✻ □ 廚房
kitchen
刻衣裙

✻ □ 客廳
living room
里分嫩母

✻ □ 廁所
restroom
累斯特嫩母

✻ □ 會客室
drawing room
稻落印 嫩母

✻ □ 陽台
veranda
夫念搭

✻ □ 餐廳
dining room
代零 嫩母

✻ □ 寢室
bedroom
貝得嫩母

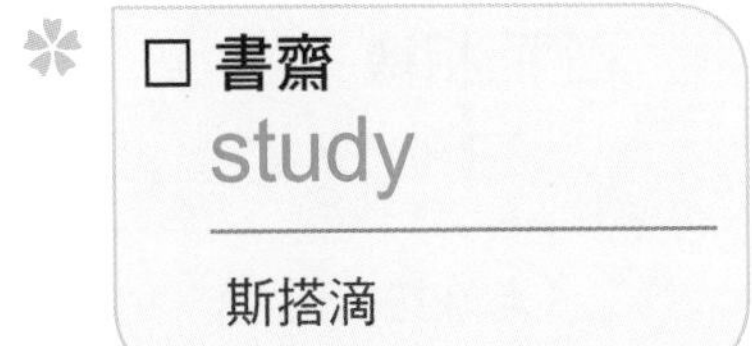
✻ □ 書齋
study
斯搭滴

✻ □ 浴室
bathroom
拔斯嫩母

✻ ☐ 窗戶
window
溫豆

✻ ☐ 桌子
desk
爹斯克

✻ ☐ 大門
gate
給特

✻ ☐ 椅子
chair
確兒

✻ ☐ 桌子
table
貼伯

✻ ☐ 浴缸
bath
貝斯

✻ ☐ 床
bed
貝得

✻ ☐ 書架
bookshelf
布克些夫

✻ ☐ 沙發
sofa
收發

✻ ☐ 照相機
camera
卡妹拉

✻ □ 時鐘
clock
克拉克

✻ □ 電視
television
貼了非俊

✻ □ 手錶
wristwatch
里斯特娃七

✻ □ 烤土司機
toaster
偷斯特

✻ □ 收音機
radio
累滴歐

✻ □ 果汁機
blender
布累得兒

✻ □ 冰箱
refrigerator
呂夫瑞舉瑞特兒

✻ □ 電扇
electric fan
衣累克催 費恩

✻ □ 電話
telephone
貼了哄恩

✻ □ 熨斗
iron
哎落恩

✽ □ 錄影機
video
非滴歐

✽ □ 錄放音機
tape recorder
貼普 累扣得兒

✽ □ 冷氣機
air conditioner
誒兒 看滴迅呢兒

✽ □ 洗衣機
washing machine
娃俊 媽遜

✽ □ 微波爐
microwave oven
媽衣克落 阿分

四通八達的鐵路運輸

十一. 辦公用品 MP3-61

☐ 電腦
personal computer
波審呢兒 看披烏特兒

☐ 文書處理機
word processor
握得 普拉些舍兒

☐ 筆記型電腦
notebook computer
諾特布克 看披烏特兒

☐ 儲存
save
洩夫

☐ 螢幕
monitor
某尼特兒

☐ 讀取
read
率得

☐ 傳真機
fax
費克斯

☐ 磁碟片
floppy disk
夫拉比 地斯克

☐ 病毒
virus
外拉斯

☐ 光碟
CD-ROM
西滴 弄母

☐ 軟體
software
收夫特衛兒

☐ 密碼
password
趴斯握得

☐ 畫面
screen
斯克利恩

☐ 鉛筆
pencil
騙舍兒

☐ 網際網路
Internet
印特兒內特

☐ 原子筆
ballpoint pen
剝破恩特 騙

☐ 網站
web site
威布 賽特

☐ 筆記本
notebook
諾特布克

☐ 電子郵件
electronic mail
衣累克翠拉尼克 妹兒

☐ 橡皮擦
eraser
衣累舍兒

☐ 立可白
whiteout
壞特傲特

☐ 電子計算機
calculator
卡兒卡衣尤累特兒

☐ 剪刀
scissors
西舍兒司

☐ 釘書機
stapler
斯爹撲了

☐ 美工刀
cutter knife
卡特兒 耐夫

☐ 圖釘
thumbtack
沙母貼克

☐ 漿糊
glue
姑路

☐ 文書夾
file
壞兒

☐ 尺
ruler
魯了

☐ 迴紋針
clip
克里撲

☐ 空白紙

memo pad

妹摸 佩得

十二. 生活常用動詞 MP3-62

☐ 去
go
夠

☐ 吃
eat
衣特

☐ 出發
leave
利夫

☐ 支付
pay
佩

☐ 回來
return
里特恩

☐ 居住
live
利夫

☐ 會面
meet
密特

☐ 寄
send
現得

☐ 販賣
sale
洩兒

☐ 給
give
給夫

☐ 使用
use
尤司

☐ 閱讀
read
率得

☐ 作、做
do
杜

☐ 明白
understand
安得兒司店得

☐ 說
say
誰

☐ 知道
know
諾

☐ 說話
speak
司屁刻

☐ 作
make
妹克

☐ 看
see
細

☐ 打電話
call
叩

□ **學習**
study

斯達滴

□ **睡覺**
sleep

斯里不

航空母艦

美國遊輪

十三. 生活常用形容詞 MP3-63

☐ 大
big
庇哥

☐ 遠
far
發

☐ 長
long
弄

☐ 早
early
厄里

☐ 高
high
嗨

☐ 快速
fast
發斯特

☐ 重
heavy
黑非

☐ 昂貴
expensive
衣克斯佩西夫

☐ 多
many
妹尼

☐ 好
good
古得

✻ □ 熱
hot
哈特

✻ □ 忙
busy
逼基

✻ □ 新的
new
妞

✻ □ 高興
glad
古累稻

✻ □ 正確
right
瑞特

✻ □ 有趣
interesting
印吹斯聽

✻ □ 一樣
same
現恩

✻ □ 美麗
beautiful
比烏梯佛

✻ □ 困難
difficult
滴非扣特

✻ □ 甜
sweet
斯威特

☐ 小
small
司莫

☐ 不便
inconvenient
印看非尼特

☐ 短
short
秀特

☐ 一些
few
非烏

☐ 低，矮
low
落

☐ 近
near
溺兒

☐ 輕
light
賴特

☐ 遲，晚（時間）
late
累特

☐ 方便
convenient
看非尼特

☐ 慢（速度）
slow
斯落

☐ 便宜
cheap
七普

☐ 別的
another
安那惹兒

☐ 不好
bad
貝得

☐ 容易
easy
衣基

☐ 寒冷
cold
叩得

☐ 空閒
free
夫利

☐ 老舊
old
歐得

☐ 快樂
fun
放恩

☐ 錯誤
wrong
弄

☐ 溫和
gentle
尖頭

☐ 好吃
delicious

滴利朽斯

☐ 辣
spicy

斯拜西

十四. 進餐 MP3-64

☐ 早餐
breakfast
布累克霍斯特

☐ 咖啡館
cafe
咖啡

☐ 中餐
lunch
爛取

☐ 土司
toast
透斯特

☐ 點心
snack
斯內克

☐ 麵包
bread
布累得

☐ 晚餐
dinner
滴因呢兒

☐ 玉蜀黍薄片
cornflakes
空累克斯

☐ 肚子餓
hungry
哈恩古里

☐ 火腿蛋
ham and eggs
哈母 彥得 誒哥斯

☐ 培根
bacon
貝肯

☐ 蛋包飯
omelet
歐母累特

☐ 熱狗
hot dog
哈特 豆哥

☐ 雞肉
Chicken
七肯

☐ 蛋
egg
誒哥

☐ 豬肉
pork
破可

☐ 水煮蛋
hard boiled egg
哈得 剝衣得 誒哥

☐ 牛肉
beef
庇夫

☐ 煎蛋
fried egg
夫賴得 誒哥

☐ 魚
fish
費須

☐ 白飯
rice
賴斯

☐ 麵
noodle
奴豆

☐ 麵類
pasta
趴斯特

☐ 春捲
spring roll
斯不里 落兒

☐ 蔬菜
vegetable
非局特伯兒

☐ 炒飯
fried rice
夫拉得 賴斯

☐ 湯
soup
束普

☐ 白飯
white rice
壞特 賴斯

☐ 中國菜
Chinese food
恰溺司 護得

☐ 拉麵
noodle soup
奴豆 束普

□ 清粥

rice gruel

賴斯 古阿兒

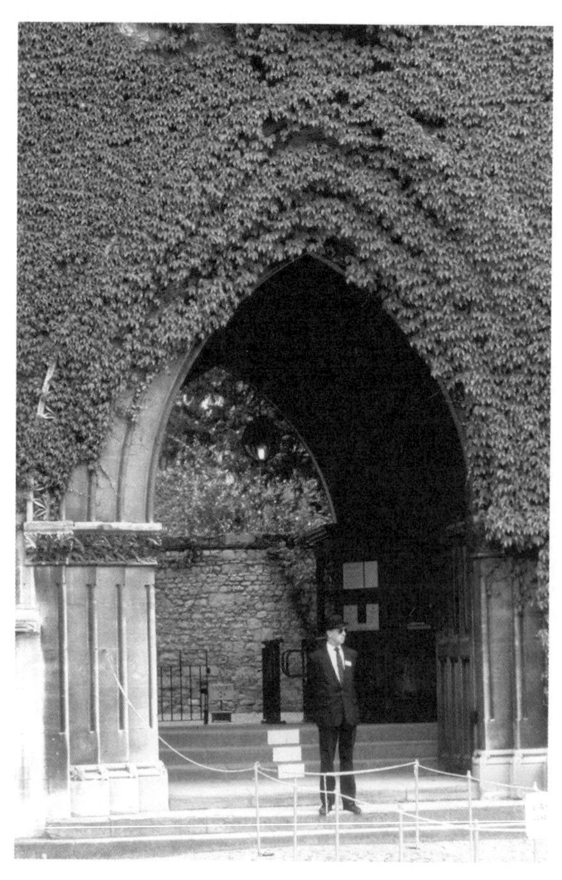

十五. 漫步街頭 MP3-65

☐ 銀行
bank
貝恩克

☐ 醫院
hospital
后斯披特

☐ 學校
school
斯庫兒

☐ 公共電話
pay phone
佩 哄母

☐ 公園
park
泊克

☐ 咖啡店
coffee shop
扣非 下撲

☐ 飯店
hotel
后貼兒

☐ 餐廳
restaurant
瑞斯特讓特

☐ 郵局
post office
破斯特 歐非斯

☐ 居酒屋
pub
趴普

☐ 超市
supermarket
舒波兒媽基特

☐ 麵包店
bakery
貝克里

☐ 車站
station
斯貼迅

☐ 免稅店
duty-free shop
丟梯夫里 下撲

☐ 網咖
Internet cafe
印特內特 卡非

☐ 藥房
pharmacy
發媽斯

☐ 廁所
restroom
瑞斯特潤

☐ 理髮廳
barber
八伯兒

☐ 停車場
parking lot
趴克印 落特

☐ 廣場
square
斯愧兒

☐ 動物園
zoo
辱

☐ 山
mountain
忙恩疼恩

☐ 水族館
aquarium
阿克耶里阿

十六. 地理位置 MP3-66

✲ □ 這裡
here
嘻兒

✲ □ 北
north
諾斯

✲ □ 那裡
there
列兒

✲ □ 右
right
瑞特

✲ □ 東
east
易斯特

✲ □ 左
left
累夫特

✲ □ 西
west
衛斯特

✲ □ 角落
corner
叩呢兒

✲ □ 南
south
少斯

✲ □ 直走
straight ahead
斯吹特 厄黑得

☐ **轉彎**
turn
特恩

☐ **出口**
exit
耶估瑞特

☐ **紅綠燈**
traffic light
炊非克 賴特

☐ **公車標誌**
bus sign
巴士 賽恩

☐ **入口**
entrance
安翠恩司

十七. 運動、消遣 MP3-67

- ☐ 網球
  tennis
  天尼斯
- ☐ 釣餌
  bait
  貝特
- ☐ 游泳
  swimming
  斯威明
- ☐ 滑雪
  ski
  斯克衣
- ☐ 泳裝
  swimsuit
  斯威明束特
- ☐ 溜冰
  skate
  斯給特
- ☐ 高爾夫球
  golf
  勾兒夫
- ☐ 帆船
  boat
  剝特
- ☐ 釣魚
  fishing
  非迅
- ☐ 遊艇
  yacht
  悠特

☐ 騎馬
horseback riding
后斯貝克 拉滴恩

☐ 迪士可舞
disco
迪士可

☐ 爬山
mountain climbing
忙恩疼 克拉逼恩

☐ 賭場
casino
卡西諾

☐ 露營
camp
抗普

☐ 溫泉
hot spring
哈特 斯撲各

☐ 保齡球
bowling
剝利恩

☐ 三溫暖
sauna
沙烏那

十八. 疼痛的說法 MP3-68

☐ 肚子痛
stomachache
斯達克 誒克

☐ 便秘
constipation
寇斯梯佩休

☐ 想吐
nausea
諾加斯

☐ 頭暈
dizziness
滴基尼斯

☐ 發癢
itchiness
衣七尼斯

☐ 頭痛
headache
黑稻耶克

☐ 割傷
cut
卡特

☐ 淤傷
bruise
布衣茲

☐ 腹瀉
diarrhoea
搭兒利亞

☐ 牙痛
tooth ache
土茲 誒烏

✽ ☐ 生理痛
menstrual pain
妹西特 騙

✽ ☐ 消化不良
indigestion
衣滴結斯遜

✽ ☐ 喉嚨痛
sore throat
瘦兒 斯落特

✽ ☐ 咳嗽
cough
叩夫

✽ ☐ 發冷
chill
氣兒

✽ ☐ 打噴嚏
sneeze
斯溺茲

✽ ☐ 倦怠
dull
大兒

✽ ☐ 鼻涕
mucus
媽卡司

✽ ☐ 發麻
feel numb
非兒 那母

✽ ☐ 失眠症
insomnia
衣收母尼兒

□ **骨折**

fracture

夫拉克秋兒

□ **過敏症**

allergy

阿累兒嘰

附錄

新世紀開運美國名字

男性名字

MP3-69

Aaron	阿倫
Adam	亞當
Bradford	布雷佛德
Casey	凱西
Daniel	丹尼爾
Danny	丹尼
Emest	歐尼斯
Eugene	尤金
George	喬治
Gerard	傑洛德

女性名字

MP3-70

Abigail	艾比格兒
Adrienne	愛德利恩
Autumn	歐婷
Barbara	芭芭拉
Carmen	卡門
Carol	卡羅
Dana	黛娜
Dawn	冬恩
Eve	伊娃
Faith	賈絲

近年最受歡迎的名字

男生

MP3-71

Michael	麥克
Christopher	克里斯多佛
Mathew	馬修
Joshua	喬斯雅
Andrew	安德魯
Daniel	丹尼爾
Justin	喬斯丁
David	大衛
Ryan	雷恩
John	約翰

女生

MP3-72

Asbley	艾比莉
Jessica	傑斯卡
Amanda	亞曼達
Sarah	沙拉
Brittany	比利達尼
Megan	馬姬
Jennifer	珍尼佛
Nicole	尼可
Stephanie	司丹佛尼
Katherine	凱薩琳

中國姓氏

MP3-73

Ding	丁
Wang	王
Fang	方
Ju	朱
Lee	李
Lin	林
Jou	周
Shi	施
Chen	陳
Tang	唐
Ma	馬
Gao	高
Jang	張
Yang	楊
Jean	蔣
Lio	劉

美國地名

MP3-74

California	加州
Florida	佛羅里達
Idaho	愛達荷
Alaska	阿拉斯加
Delaware	德拉瓦
Arizona	亞利桑那
Hawaii	夏威夷
Guam	關島
Indiana	印第安那
Maryland	馬里蘭
Missouri	密蘇里
Kansas	堪薩斯
Louisiana	路易斯安那
Massachusetts	麻州
Montana	蒙大拿

Mexico	新墨西哥
Texas	德州
Utah	猶他州
Washington	華盛頓
West Virginia	西維吉尼亞
Wisconsin	威斯康辛

台灣重要地名

MP3-75

Taipei	台北
Taoyuan	桃園
Hsinchu	新竹
Taichung	台中
Tainan	台南
Kaohsiung	高雄
Hwalan	花蓮
Taidong	台東

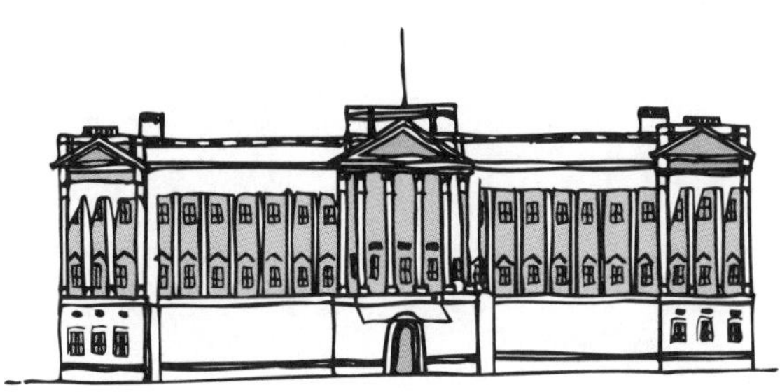

台灣重要飯店

MP3-76

Grand Hotel	圓山飯店
Ambassador Hotel	台北國賓大飯店
Far Eastern Plaza Hotel	遠東大飯店
Grand Hyatt Taipei	台北凱悅大飯店
Hilton, Taipei	台北希爾頓大飯店
Grand Formosa Regent	晶華酒店
The Ritz Landis Hotel	亞都麗緻大飯店
The Sherwood Taipei	台北西華大飯店
Howard Garden Suites	福華長春名苑

十二生肖

MP3-77

rat	老鼠
cattle	牛
tiger	老虎
rabbit	兔子
Dragon	龍
snake	蛇
horse	馬
sheep	羊
monkey	猴
chicken	雞
dog	狗
wild boar	豬

料理材料

MP3-78

set meal	套餐
hamburger	漢堡
cheese	起士
steak	牛排
meat	肉
chicken	雞肉
fish	魚
beef	牛肉
pork	豬肉
tongue	舌
mutton	羊肉
crab	螃蟹
shrimp	蝦

eel	鰻魚
trout	鱒魚
abalone	鮑魚
sea bream	鯛魚
salmon	鮭魚
vegetables	蔬菜
eggplant	茄子
cabbage	高麗菜
mushroom	香菇
bamboo	竹筍
celery	芹菜
pumpkin	南瓜
corn	玉米

台灣菜餚

MP3-79

hot pot	火鍋
Chinese noodles in soup	拉麵
a cake wrapped in bamboo leaves	粽子
soymilk	豆奶
mango ice	芒果冰
Aiyu jelly	愛玉冰
shaih fin pot	魚翅火鍋
potato gruel	芋頭粥
an omelet ; an omelette	牡蠣蛋包飯（煎蛋捲）
ice	刨冰
besns pudding	豆花
milk tea	奶茶
a papaya milk	木瓜牛奶

台灣水果

MP3-80

fruit	水果
watermelon	西瓜
star fruit	楊桃
mango	芒果
honey dew melon	香瓜
Japanese plum	日本李子
pear	洋李子

尺寸比較

■衣料

女（衣服）

日本	7	9	11	13	15	17
美國	XS	S		M		L
	8	10	12	14	16	18
英國	32	34	36	38	40	42
歐洲	36	38	40	42	44	46

男（襯衫）

日本	36	37	38	39	40	41
美國	S	M		L		XL
	14	14.5	15	15.5	16	16.5
英國	14	14.5	15	15.5	16	16.5
歐洲	36	37	38	39	40	41

■鞋子

女

日本	22	22.5	23	23.5	24	24.5	25	25.5	26
美國	4.5	5	5.5	6	6.5	7	7.5	8	8.5
英國	3.5	4	4.5	5	5.5	6	6.5	7	7.5
歐洲	34	35	36	37	38	39	40	41	42

男

日本	24	24.5	25	25.5	26	26.5	27	27.5	28
美國	6.5	7	7.5	8	8.5	9	9.5	10	10.5
英國	5.5	6	6.5	7	7.5	8	8.5	9	9.5
歐洲	38	39	40	41	42	43	44	45	46

溫度

攝氏（°C）	華氏（°F）
-12	10.4
-10	14
-6	21.2
-4	24.8
-2	28.4
0	32
2	35.6
4	39.2
6	42.8
8	46.4
10	50
12	53.6
14	57.2
16	60.8
18	64.4
20	68
22	71.6
24	75.2
26	78.8
28	82.4
30	86
32	89.6
34	93.2
36	96.8
38	100.4
40	104

一生必學英語會話

□ **早安！**

Good morning.
古 摸兒鈴

□ **你好！**

Hello (Hi).
哈囉 （嗨）

□ **晚上好。**

Good evening.
古 伊分鈴

□ **你好嗎？**

How are you?
浩 阿 油

□ **再見。**

Good-bye.
古 拜

□ **我叫王明。**

My name is wang ming.
麥 念 以司 王明

□ **你好。**

How do you do?
浩 度 油 度

□ **很高興認識你。**

Nice to see you.
耐司 免 西 油

溫度

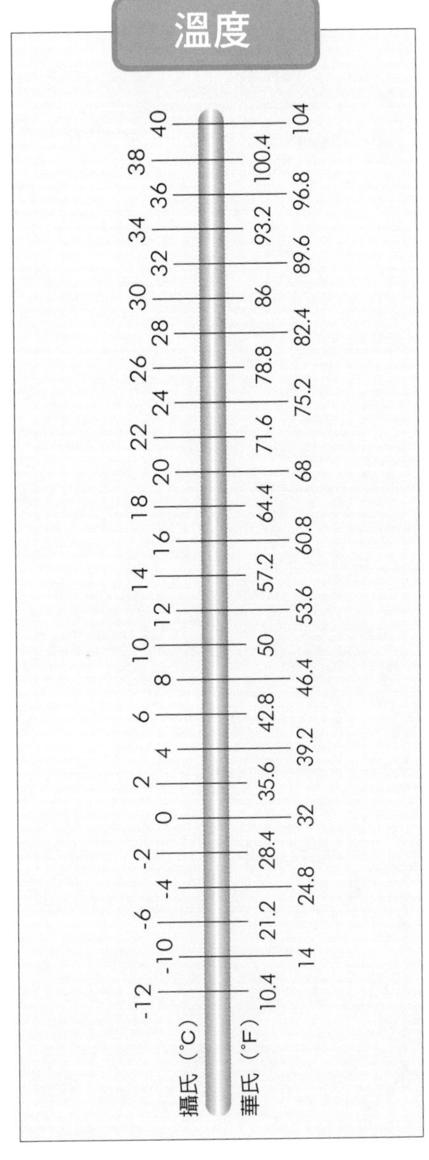

攝氏（°C）
-12 -10 -6 -4 -2 0 2 4 6 8 10 12 14 16 18 20 22 24 26 28 30 32 34 36 38 40
華氏（°F）
10.4 14 21.2 24.8 28.4 32 35.6 39.2 42.8 46.4 50 53.6 57.2 60.8 64.4 68 71.6 75.2 78.8 82.4 86 89.6 93.2 96.8 100.4 104

附錄

一生必學英語會話

□ **早安！**

Good morning.

古 摸兒鈴

□ **你好！**

Hello (Hi).

哈囉 （嗨）

□ **晚上好。**

Good evening.

古 伊分鈴

□ **你好嗎？**

How are you?

浩 阿 油

□ **再見。**

Good-bye.

古 拜

□ **我叫王明。**

My name is wang ming.

麥 念 以司 王明

□ **你好。**

How do you do?

浩 度 油 度

□ **很高興認識你。**

Nice to see you.

耐司 兔 西 油

☐ **歡迎光臨。**

Come in, please.

抗 印 普力司

☐ **這邊請。**

This way, please.

力司 未 普力司

☐ **請這裡坐。**

Please have a seat.

普力司 黑夫 兒 細特

☐ **這是送你的禮物。**

This is for you.

力司 以司 佛兒 油

☐ **謝謝。**

Thank you.

3 Q

☐ **很謝謝你。**

Thanks a lot.

現克斯 厄 辣特

☐ **不客氣。**

You're welcome.

油兒 威兒肯

☐ **抱歉。**

I'm sorry.

艾母 收瑞

☐ **沒關係的。**

That's OK.

列此 歐刻

□ 這附近有好餐廳嗎？

Is there a good restaurant around here?

以司 列兒 兒 古得 瑞司特讓 厄讓得 嘻兒

□ 我要預約。

I'd like to make a reservation, please.

艾得 賴克 兔 妹克 兒 瑞惹兒非迅 普力司

□ 7點2人的座位。

Two people at seven, please.

兔 批破 誒特 些分 普力司

□ 我們總共三人。

Three please.

素力 普力司

□ 我沒有預約。

I don't have a reservation.

艾 洞特 黑夫 兒 瑞惹兒非迅

□ 我要2個人的位子。

Table for two, please.

貼剝 佛兒 兔 普力司

□ 要等多久？

How long is the wait?

浩 弄 以司 得 未特

□ 我要禁煙座位。

Non-smoking, please.

浪 司末克印 普力司

□ 我要抽煙座位。

Smoking, please.

司末克印 普力司

□ 我要算帳。

Check, please.

卻克 普力司

□ 全部多少錢？

How much altogether?

浩 罵取 歐兔給惹兒

□ 可以刷Visa卡嗎？

Visa card, OK?

威沙 卡得 歐刻

□ 百貨公司在哪裡？

Where's the department store?

惠兒司 得 地扒悶特 司豆

□ 有免稅品店嗎？

Where's the duty free shop?

惠兒司 得 丟梯 夫力 下普

□ 試衣室在哪裡？

Where's the change room?

惠兒司 得 勸嘰 潤

□ 廁所在哪裡？

Where's the restroom.

惠兒司 得 雷司特嫩

□ 這個太貴了。

Too expensive.

兔 衣克司騙西夫

□ 不能再便宜些嗎？

Discount, please.

低司靠特 普力司

英語系列：61

好用！暢銷！
用中文說美國話

合著／陳依僑，Rose White
出版者／哈福企業有限公司
地址／新北市板橋區五權街 16 號 1 樓
電話／(02) 2808-4587 傳真／(02) 2808-6545
郵政劃撥／31598840　戶名／哈福企業有限公司
出版日期／2020 年 2 月
定價／NT$ 299 元（附 MP3）

全球華文國際市場總代理／采舍國際有限公司
地址／新北市中和區中山路 2 段 366 巷 10 號 3 樓
電話／(02) 8245-8786　傳真／(02) 8245-8718
網址／www.silkbook.com 新絲路華文網

香港澳門總經銷／和平圖書有限公司
地址／香港柴灣嘉業街 12 號百樂門大廈 17 樓
電話／(852) 2804-6687　傳真／(852) 2804-6409
定價／港幣 100 元（附 MP3）

email／haanet68@Gmail.com
網址／Haa-net.com
facebook／Haa-net 哈福網路商城

郵撥打九折，郵撥未滿 500 元，酌收 1 成運費，
滿 500 元以上者免運費

國家圖書館出版品預行編目資料

好用！暢銷！用中文說美國話/ 陳依僑, Rose White合著--
新北市：哈福企業, 2020.2
　面；　公分. --（英語系列；61）

ISBN 978-986-98340-5-6 （平裝附光碟片）

1.英語　2.會話

805.188

哈福

哈福